RÉFLEXIONS

POSTHUMES

Sur le grand Procès de JEAN-JACQUES *, avec* DAVID.

AVERTISSEMENT
DE L'EDITEUR.

C'Est par hazard que cette Lettre nous eſt tombée entre les mains. Nous l'avons trouvée très-propre à éclaircir le point le plus eſſentiel , & peut-être le moins connu de la querelle de M. Rouſſeau avec M. Hume ; & dès-là nous nous ſommes perſuadés que tous ceux qui prennent quelqu'intérêt à cette affaire , la verroient avec plaiſir tenir ſon rang parmi les piéces de ce ſingulier Procès.

A ij

RÉFLEXIONS

RÉFLEXIONS POSTHUMES

Sur le grand Procès de JEAN-JACQUES, avec DAVID.

LETTRE A MADAME DE.....

VOUS me demandez mon avis sur le *Factum* de David Hume, contre Jean-Jacques Rousseau. Je vous dirai naïvement, Madame, ce que je pense de cette ridicule avanture. Je trouve que cette facétie littéraire en vaut bien une autre : le bruit qu'elle fait, l'importance qu'on y a mis, tout me semble curieux dans cette affaire ; je crois même que le vrai moyen de connoître un peu les hommes avec qui nous vivons, est d'approfondir quelquefois les miseres qui les occupent si sérieusement. Permettez-moi seulement de prendre les choses d'un peu loin ; c'est souvent une maniere d'abréger.

Vous sçavez, Madame, que vers le milieu du siécle on vit éclorre des Philosophes, c'est-à-dire, une société d'écrivains qui avoient coutume de s'appeller ainsi. Vous sçavez encore qu'on les admira parce qu'ils s'admiroient réciproquement.

Las de leur obscurité, ils tenterent tout pour en sortir. Ils s'en prirent à la raison, aux loix & aux mœurs. Ils furent promptement célébres, mais leurs succès ne furent

pas de longue durée. Cet inſtinct ir-
réſiſtible qui nous montre encore la
vérité, quand nous ne ſommes plus
capables de la ſuivre, parloit à
tous les cœurs; par-tout on plaida
la cauſe de l'humanité. Heureuſe-
ment ſes triſtes détracteurs n'é-
toient ni amuſans, ni raiſonnables.
Syſtématiques ſans invention, Phi-
loſophes ſans logique, ils vouloient
encore être éloquens en écrivant
contre la vertu. Ils eurent cependant
des diſciples qui embraſſerent leurs
opinions ſans les comprendre. On
les crut ingénieux, parce qu'ils
parurent extraordinaires; on leur
trouva de la chaleur, parce qu'ils
déclamoient continuellement. Eni-
vrés de ces petits ſuccès, ils firent
des Poëtiques dont on ſe moqua,
des Romans qu'on ne lut point,
des Comédies qui tomberent; on
en fit une ſur eux qui réuſſit. Le

Parlement leur impofa filence ; la
Sorbonne les flétrit ; la Police les
menaça. Cependant, comme ils fe
vantoient toujours d'être perfécutés,
ils auroient pu vivre encore affez
honorablement, s'il ne fe fût trouvé
un homme tout prêt à fe revêtir
de l'admiration publique ; elle cher-
choit un objet : Rouffeau parut.
Nourri dans cette fecte qui s'en
faifoit honneur, fon efprit trop
ardent en avoit reçu l'amour des
paradoxes, & un orgueil effréné ;
mais il avoit du fentiment, du génie,
une ame élevée, une éloquence
vive & fublime. Il vit que le mo-
ment lui étoit favorable ; il ofa
mettre au jour fes propres penfées.
Il avoit trop d'efprit pour ne pas
fentir que dès que l'on a corrompu
jufqu'à un certain point fes lecteurs,
comme il n'y a plus rien de beau
ni de bon à leur dire, ce n'eft

guéres la peine de leur parler.

Jean-Jacques s'appliqua d'abord à faire aimer la vertu & son maître. Il proscrivit le Fanatique & l'Athée; il joignit quelquefois la profondeur du raisonnement à la hauteur des idées, au charme du style. Les cœurs qui s'étoient flétris & resserrés, se rouvrirent à sa voix. En lisant ses écrits, celui qui n'étoit que sensible, devint souvent plus juste & plus éclairé : celui qui n'étoit que juste acquéroit des lumieres & de la sensibilité. Il y a même quelqu'apparence que cet homme singulier croit une partie de ce qu'il écrit ; car on prétend qu'il ne peut tout croire, parce qu'il se contrarie à chaque instant. Il est vrai, Madame, qu'il dit tout-à-la-fois du bien & du mal de la Religion qu'il professe ; mais peut-être aussi que n'ayant pas assez de courage pour braver toute la corruption de son siécle, il n'auroit jamais osé défendre la Religion naturelle, sans insulter un peu la Religion révélée. Pour moi je croirois volontiers qu'il ne s'est fait bannir que par respect humain.

Ici commence l'histoire de ce qu'il appelle ses malheurs. Il fit imprimer son Emile.... le Parlement plein de respect pour la Religion, & d'admiration pour les talens de celui qui l'avoit si peu ménagée, le poursuivit en gémissant. Jean-Jacques eut le tems de gagner la Suisse. Les Fanatiques & les Philosophes qu'il avoit décriés, profiterent de l'occasion : la haine mortelle qu'ils lui avoient jurée, ne tarda pas à éclater. Dans des libelles, dans quelques journaux, dans les lieux publics, dans les sociétés particulieres, les Cuistres & les

Athées le déchirérent impitoya-
blement. Il n'eft rien, Madame,
que l'on n'ait tenté pour le faire
profcrire par tous les Gouverne-
mens, & lapider par tous les peu-
ples. Vous fçavez que le malheureux Jean-Jacques eft vain, em-
porté, inconféquent ; les injures
l'irritent ; il fe roidit contre le
malheur ; il fe dépite contre la
raifon & l'autorité. Il a fait tant
de fotifes, que fes affaires ne pou-
vant plus fe racommoder, il lui
a fallu quitter la Suiffe, pour l'Angleterre : de-là fa liaifon & fa
querelle avec M. Hume.

Je vais tâcher à préfent de vous
peindre en peu de mots ce célé-
bre Anglois, fes fuccès en France,
fes admirateurs, fes bonnes fortu-
nes, & fa conduite avec fon ex-
travagant protégé.

Vous n'ignorez vraifemblablement pas que nos Philofophes étoient tombés dans un grand décri, lorf-qu'ils jugerent que David Hume étoit propre à entrer dans leur fecte, & à la relever. Il étoit étranger, flegmatique, hardi dans fes fyftê-mes, & affez fage dans fes ac--tions. Il avoit fait l'Hiftoire de fon pays pour l'Angleterre, & quatre volumes de Philofophie pour la France. Son Hiftoire qui n'avoit pas eu beaucoup de fuccès à Lon-dres, réuffit très-bien à Paris, parmi nos Philofophes & leurs fecta-teurs, à caufe des quatre volumes de Philofophie qui étayoient leurs principes. Ils en parlerent avec en-toufiafme : on l'acheta, on ne la lut guéres, on la loua beaucoup.

M. Hume, qui vint alors en Fran-ce, eut encore plus de fuccès que fes livres ; on lui trouvoit la fu-blimité d'un grand homme, parce qu'il ne difoit que des chofes affez communes, de l'aveu même de fes meilleurs amis. Les femmes aimoient fa converfation, parce qu'il avoit fait des livres : elles lifoient fes livres, parce qu'il daignoit caufer avec elles. On le trouvoit le meilleur & le plus fimple des hommes, parce qu'il étoit quelquefois un peu brufque, & un peu lourd, quand il commençoit à s'égayer.

David accorda fes faveurs à quelques jolies femmes, & fa confiance à quelques Philofophes. Dans ces entrefaites, Jean-Jacques, qui venoit d'être lapidé en Suiffe, craignant d'être pendu en paffant par Paris, y refta très-peu de tems. Il y fut accueilli par des perfonnes d'une haute confidération & d'un rare mérite, qui plaignant de bonne foi fes folies & fes malheurs, prierent M. Hume de l'emmener à Londres, & de l'y protéger.

Nous voici enfin, Madame, au fort de la quérelle de Jean Jacques avec David ; mais je penſe qu'après les réflexions que nous venons de faire nous aurions pu la deviner ſans voir les piéces du Procès. Je crois même que peu de gens auroient eu envie de les examiner, ſi les lettres du Citoyen de Geneve n'a-voient donné un peu de cours aux injures que l'on lui dit ; c'eſt peut-être lui, Madame, qui fait relire à préſent ceux qu'il a em-pêchés de l'être pendant pluſieurs années. Au reſte, on me mande de Londres qu'il parle comme il écrit, ainſi que vous le verrez par ce fragment d'une lettre que je viens de recevoir.

» *Monſieur Hume*, dit le pauvre

Jean-Jacques (à qui la tête a un peu tourné) *est ami intime de mes en-*
» *nemis les plus mortels. Pendant le*
» *séjour qu'il a fait à Paris, il ne les*
» *a presque pas quittés .... Cet homme*
» *doit mépriser mes principes &*
» *même les haïr ; son esprit froid*
» *& dûr ne peut aimer ni ma Julie*
» *ni mon Emile..... Ma personne lui*
» *aura paru singuliere & mon or-*
« *gueil peu commun .... Il m'en veut de*
» *plus loin .... En décriant le livre de*
» *l'Esprit & tous les ouvrages de cette*
» *nature, je n'ai pas fait de bien à*
» *ses Essais Philosophiques, je lui ai*
» *été recommandé publiquement par*
» *des personnes qu'il considere, &*
» *secretement par mes ennemies* « (a).

(a) Rousseau dit encore journellement comme dans sa Lettre, qu'en arrivant à Londres
avec David, il avoit lieu de croire qu'on l'y
traiteroit du moins avec humanité ; qu'on l'a
caressé dans sa route, & qu'il s'est trouvé dés-
honoré en mettant pied à terre. Il demande

Voilà, Madame, comme Jean Jacque raifonne en Angleterre , & l'on commence à raifonner à peuprès de même à Paris. Je vous fais grace d'une foule de probabilités plus détaillées & plus précifes. Il tire auffi quelques inductions fi étranges , qu'il ne m'en faudroit pas davantage pour croire à fa douleur & à fa bonne foi. Il fe plaint , par exemple , très-férieufement cómme dans fon Mémoire , de ce que

comment il peut avoir perdu fi promptement la confidération qu'il ne devoit fans doute qu'à fes ouvrages ; il obferve qu'il n'a point écrit depuis qu'il eft fous la fauve-garde de M. Hume ; il dit qu'il avoit avant de partir du pain & de la gloire , qu'il vouloit être honoré fans être riche , qu'il n'a reçu en Angleterre que des aumônes & des libelles ; que les amis de M. Hume font les auteurs de toutes ces méchancetés , & s'en vantent journellement.

La Lettre en queftion eft beaucoup plus longue ; mais vous y trouverez des détails qui font dans le Mémoire , & d'autres qui pourroient vous ennuyer.

M. Hume le menaçoit quelquefois dans ses rêves, & ne le regardoit pas le jour assez tendrement.

Quoiqu'il en soit, vous sçavez que ses ennemis l'accusent ici hautement de la plus noire ingratitude, & que ses amis accusent M. Hume de perfidie & de fausseté. Les autres ne prononcent point encore sur les prétendus crimes de David, de peur de se comprometre. Quant à moi qui les crois un peu exagérés, je pense seulement que nos deux Philosophes ne se sont jamais beaucoup estimés : mais de quoi je suis bien plus sûr encore, c'est que les reproches que l'on fait à Jean-Jacques sont atroces & stupides. Eh ! Comment ose-t-on accuser d'ingratitude & de noirceur un malheureux qui écrit à son Protecteur qui le protége malgré lui, une Lettre de quarante pages, pour lui prouver qu'il est un monstre ? Peut-on rien imaginer de plus ridicule que cette charmante Lettre, & toutefois de plus touchant & de plus naturel ? N'est-il pas visible que l'ame du pauvre Rousseau étoit alors remplie d'affliction, de folie & de fureur ? N'est-il pas clair qu'il n'est point ingrat, s'il a bien jugé le Philosophe ? S'il se trompe, c'est tout-au-plus un fou & non pas un méchant. Mais je voudrois bien sçavoir quel mal cette Lettre tant reprochée pouvoit faire à M. Hume. Coupable ou innocent, ne devoit-il pas en rire & la brûler. S'il craignoit que son désastreux protégé fît quelque jour un Livre contre lui, pourquoi n'avoir pas attendu que ce Livre fût imprimé ? Un Philosophe est, ce semble, plus tranquille ; un bon homme est plus indulgent.

P. SC. J'oubliois de vous dire, que l'on a sans doute pouffé M. Hume à cette ridicule plaidoirie ; je fuis perfuadé qu'il n'auroit point pris les chofes auffi gravement que les illuftres amis qui ont fait imprimer fon Mémoire. En effet , qu'importoit à l'Hiftorien de la Maifon de Tudor, que l'on crût à Paris pendant quelques jours , qu'il s'étoit moqué d'un Suiffe en Angleterre ? Un homme fi fage , fi bon & fi confidérable (a) devoit-il s'acharner après un malheureux , pauvre, infirme & profcrit , qui n'a que fon orgueil & fa renommée ? C'étoit bien la peine de faire un Mémoire fi férieux , d'y joindre une préface fi trifte , & de couronner l'œuvre par la Lettre d'un Mathé-

(a) Je parle ici d'après les Editeurs.

maticien qui *plaint Jean-Jacques de né point croire à la vertu de M. Hume:*

Je fuis encore un peu étonné que ce Mathématicien, dont les vertus ont au moins l'éclat de celles qu'il vient de célébrer, fe foit permis cet ingénieux farcafme. Car enfin pourquoi fe juftifier de la plaifante Lettre de M. de Walpole, qu'on ne lui eut jamais imputée?

Vous voyez, Madame, que l'on a été un peu vîte : ceux qui vous ont parlé de notre ami Jean-Jacques étoient, felon toute apparence, prévenus par les clameurs de quelques fociétés. Mais ne trouvez-vous pas cet acharnement incompréhenfible? On diroit, en vérité, qu'on ne cherche à faire paffer ce pauvre homme pour un monftre, qu'afin qu'on ne le croie plus quand il nous parlera d'honneur & de probité... Je m'arrête, de peur d'en trop dire. Je vous demande même pardon de cette réflexion mélan-colique.......Je me trompe peut-être, & je le souhaite ; car il se-roit fâcheux que j'eusse bien ren-contré. Adieu, Madame, je vous enverrai, sans y joindre mes remar-ques, tous les Mémoires qui pour-ront survenir. Je ne crois point cette affaire finie : elle est, ce me semble, trop ridicule & trop pué-rile pour ne pas durer.

J'ai l'honneur d'être, &c.